RÉFLEXIONS

sur

LE FRANC-PARLEUR

de

LE ROI DE PRUSSE

I

Par M. J. ...

PARIS

REFLEXIONS

D'UN

FRANC-PARLEUR

SUR

LE ROI BRASSEUR,

CHRONIQUE HISTORIQUE DE FLANDRES

DU XIVe SIÈCLE,

Par le Vte d'Arlincour.

❋

CHATEAUROUX,

Chez Bayvet, Imprimeur de la Préfecture.

1834.

REFLEXIONS

D'UN

FRANC-PARLEUR

SUR

LE ROI BRASSEUR,

CHRONIQUE HISTORIQUE DE FLANDRES

DU XIVe SIÈCLE,

Par le Vte d'Arlincour.

Qu'un écrivain sans opinion politique arrêtée, n'ayant d'autres ressources pour vivre que sa plume, la vende à un parti, et se livre ensuite, pour plaire à ce parti, à tous les excès que la raison réprouve, cette situation se conçoit, car c'est ici le cas de lui appliquer l'adage vulgaire : Ventre affamé n'a point d'oreilles.

Mais qu'un homme dont la position sociale est assurée, qu'un vicomte d'Arlincour aille fouiller dans les chroniques flamandes un sujet dont les détails vrais et faux puissent lui fournir le moyen de répéter mot à mot, dans un roman en deux volumes d'un médiocre mérite, tous les propos dégoûtans tenus par les pamphlétaires contre la personne du Roi, cette conduite est tellement basse, tellement dégoûtante, qu'elle doit indigner toutes les personnes qui ont conservé quelques sentimens d'honneur.

L'homme de cœur n'agit pas ainsi : il montre sans crainte au gouvernement la fausse route qu'il suit, cherche à le ramener aux principes dont il s'écarte, et ne va pas, accumulant notes sur notes, citations sur citations, pour parer aux poursuites que la justice pourrait diriger contre lui, chercher à avilir le chef de l'état, lorsqu'il n'ose l'attaquer en face.

Cet ouvrage est une nouvelle preuve de la bassesse de ce parti qui nous ramena la famille des Bourbons, entourée des bayonnettes étrangères ; de ce parti, qui, depuis 93, ne s'est jamais donné un démenti lorsqu'il a été question d'ingratitude et de sourdes intrigues. Fouillez toutes les chroniques depuis cette époque, et vous le verrez partout le même : Flatteur et bas sous Napoléon, il a travaillé constamment sous main à renverser celui qui lui avait rendu dignité et fortune ; insolent sous les Bourbons, il a laissé chasser deux fois de France cette famille, sans oser tirer son épée pour la défendre ; car l'histoire dira à nos neveux que ce fut en présence de quarante mille volontaires royaux que Napoléon, sans escorte, traversa en 1815 la capitale, et fut porté aux Tuileries sur les bras du peuple.

C'est cependant, il faut le dire, pour avoir voulu trop ménager ce parti, que le gouvernement a fait perdre au Roi une portion de la popularité que la révolution de juillet lui avait acquise. Souples et rampans, les carlistes ont constamment flatté et prodigué l'encens aux différens ministres qui se sont succédé depuis celui de Dupont de l'Eure. Enivrés par une nourriture à laquelle ils n'étaient pas habitués, les ministres du Roi ont constamment présenté le parti carliste comme ne pouvant inspirer aucune crainte. C'est dans ce même but, sans doute, qu'un ministre a osé dire à la tribune, qu'il n'existait pas de chouans, que tout était tranquille dans les départemens de l'Ouest, lorsque la révolte et le brigandage existaient partout. C'est à cette époque qu'on pouvait s'écrier comme M. Viennet, mais non dans le même sens : La légalité nous tue !

Quoi ! dans un pays insurgé, des brigands tirent, des fenêtres d'un château, des coups de fusil sur un détachement de troupes, lui tuent du monde, et ce détachement n'a pas le droit d'enfoncer les portes du château pour exterminer les assassins de leurs camarades, ou les griller dans leur repaire ? il faut attendre qu'un procureur du Roi vienne sommer d'ouvrir les portes ? Quoi ! un père de famille, forcé de quitter ses affaires et ses enfans pour aller contre des insurgés, ne pourra renvoyer à un chouan la balle qu'il vient de recevoir de lui, sans lui avoir fait des sommations ?

C'est en vain que les procureurs du Roi ont trouvé dans des châteaux des amas d'armes et de munitions de guerre ; aucune poursuite n'a été dirigée contre les propriétaires de ces châteaux, parce qu'il n'était pas prouvé que ces armes et ces munitions fussent destinées à la guerre civile !

Il me semble entendre le jugement porté contre les assassins du malheureux Ramel : Il est constant que les accusés sont coupables d'avoir fait des blessures graves, pouvant donner la mort au général ; mais attendu qu'il n'est pas prouvé que ledit général soit mort des blessures faites par les accusés, plutôt que des suites de celles faites par d'autres, condamnons les accusés à cinq ans de prison.

Ce sont ces indulgences, ces précautions prises pour épargner les ennemis jurés de tout principe de liberté et d'égalité devant la loi, qui ont donné naissance à ce parti républicain qui vous donne tant d'inquiétudes. La majeure partie des ministres, hommes de cabinet et par conséquent timides, a pensé que tous ses soins devaient se borner à consentir aux exigences de l'étranger pour conserver la paix. Aussi n'ont-ils rien négligé pour arriver à ce but : Humiliations de tout genre; ils ont tout essuyé. Les libertés publiques épouvantaient l'étranger, il a fallu les comprimer ou les restreindre, et, par contre-coup, épargner en France les partisans du pouvoir absolu, bien qu'ils organisassent la révolte. Il y aura bientôt quatre ans que la révolution de juillet est consommée, et nous ignorons encore l'accueil fait par Nicolas à l'ambassadeur de France.

Il y a bientôt quatre ans qu'un Roi national est sur le trône, et le Roi de Hollande refuse d'exécuter les traités. Nous avons reconnu Dona Maria comme reine de Portugal, et Isabelle comme régente d'Espagne, et nous laissons deux pays, dont la franche amitié est si utile à notre politique et à notre force, s'égorger, lorsque quelques bataillons suffiraient pour faire rentrer tout dans l'ordre; mais en agissant ainsi, nous pourrions déplaire à la Sainte-Alliance, à laquelle nous devons tant de reconnaissance.

Pourquoi, puisqu'il est dans le principe de notre constitution de ne reconnaître que les gouvernemens de fait, n'avez-vous pas attendu que ces deux querelles fussent vidées, pour connaître celui que vous deviez saluer comme souverain de l'un et de l'autre royaume? Du moins, n'auriez-vous pas encouru le reproche de ne pas tendre une main secourable à vos amis.

Les ministres se refusent à reconnaître cette grande vérité, qu'en France un gouvernement ne peut être fort qu'en s'appuyant sur les intérêts généraux. Ce n'est qu'en se mettant à la tête de ces intérêts pour les diriger, et non pour les étouffer, qu'un gouvernement peut acquérir cette populaire affection, sur laquelle repose seule la véritable force, cette force qui commande le respect aux étrangers, et qui, le mettant en position de tout entreprendre, lui donne la possibilité de résister à tout.

Consultez l'ouvrage de d'Arlincour, et vous verrez de quelle manière il traite le Roi et le gouvernement ; vous jouirez, si la chose est possible, de la manière dont il sait reconnaître les services que vous avez rendus à son parti ; car, n'en doutez pas, le Roi brasseur est le livre prôné par le parti carliste : pas un qui ne l'ait dans sa poche, et pas un qui n'en fasse un catéchisme de famille.

Examinez-le dans ses interpellations: Qu'est devenue, dit-il, sa popularité? Les admirations sont défuntes, les poignées de main se suppriment, une réaction morale s'opère, le mépris remplacera l'engouement, et la haine succèdera à l'amour.

Et c'est à ce parti que vous oseriez sacrifier la popularité du Roi, à ce parti qui vous annonce, par la plume de d'Arlincour, que la haine succèdera à l'amour ! Avez-vous donc oublié la manière dont il récompense les services qu'on lui rend, lorsqu'on hésite un seul instant à exécuter sa volonté tout entière? Ignorez-vous qu'après l'ordonnance du 5 septembre il mit dans son antichambre le portrait de Louis XVIII, comme indigne de figurer dans le salon. J'entends toujours dire : Laissez-les faire, ils n'inspirent aucune crainte, ils n'ont aucun appui dans la nation. Cependant ce sont toujours les mêmes hommes qui se présentent à chaque révolution pour saisir le pouvoir et nous ramener l'asservissement ; ils seraient demain républicains, si la république pouvait leur ramener, avec la corvée et les droits seigneuriaux, le prestige d'un titre.

Les carlistes abandonnés à eux seuls ne seraient certainement pas à craindre si leur parti ne s'était renforcé du milliard qu'il s'est adjugé, et des vilains enrichis qui pensent ennoblir leur nature en frottant l'ergot d'un baron.

Eh bien ! gens du juste-milieu, vous qui frémissez à la seule idée qu'une république puisse s'établir en France, idée contre laquelle je ne frémis pas, mais gouvernement contre lequel je m'armerais s'il voulait s'établir, pourquoi n'avez-vous pas le pot en tête, et ne brisez-vous pas des lances contre un parti qui, sous un vain masque historique, ne cherche qu'à couvrir de mépris le gouvernement de la France et le chef de l'état ? Craignez-vous en vous armant de rigueurs nécessaires, en repoussant les armes par les armes (car je veux l'égalité partout), les injures par la sévérité des lois, d'attirer sur vous la colère de la Sainte-Alliance et du grand Nicolas ? Vous savez comme moi que les souverains du Nord doivent de la reconnaissance à ceux qui, en 1815, les appelaient nos amis les ennemis.

Sans ambition, ayant sacrifié mon existence administrative à ma liberté et au besoin de pouvoir jeter un œil de mépris sur les hommes qui, n'étant rien par eux-mêmes, sont de tous les partis qui se sont succédé en France, on ne devra pas attribuer ce que je vais dire à l'ambition de devenir quelque chose ; mais de quelque côté que l'on porte la vue, partout on voit les places de la haute finance occupées par les créatures de Charles X ; dans le militaire même on voit des émigrés ayant servi et trahi Napoléon, servi Charles X, remplacer, sous Louis-Philippe, des officiers auxquels on ne peut faire d'autres reproches que d'avoir préféré la patrie à tous les hommes qui se sont succédé sur le trône. C'est la présence de ces hommes dans tous les emplois qui fait craindre une troisième restauration. Je pense, à dire vrai, que ces fonctionnaires ne tiennent pas d'avantage au gouvernement de Louis-Philippe qu'à celui de Charles X ; ce à quoi ils tiennent le plus, c'est aux forts émolumens de leur place, tout en désirant rattraper cette espèce d'importance aristocratique que leur donnaient leurs habits brodés, importance que la révolution de juillet leur a fait perdre.

Plusieurs personnes ont dit, et c'est une idée à-peu-près généralement répandue, parce qu'elle n'est pas approfondie, qu'il est nécessaire que tous les partis soient représentés dans la chambre. Cette idée est, selon moi, la plus pernicieuse et la plus dépourvue de sens qu'on puisse émettre. Si un député n'est (comme le serment qu'il prête avant d'exercer ses fonctions le prouve) qu'un mandataire chargé par ses commettans de défendre leurs intérêts dans les limites posées par le gouvernement reconnu par la France, un carliste et un républicain ne peuvent siéger dans la chambre sans parjure. Vainement m'objectera-t-on qu'il n'existera plus d'opposition, et que l'opposition est la vie du gouvernement représentatif, je répondrai que tant qu'il existera des ministres, il y aura désir d'empiétement, et que toujours il se rencontrera dans la chambre des hommes disposés à les arrêter.

Continuons nos citations :

« Il faudra avaler la *poire d'angoisse* jusqu'à la loi ; il y aura » fièvre de vengeance ; après la hâte dans le crime, il fera sa » *pose dans le sang.* »

Vous l'entendez : il fera sa pose dans le sang ! C'est donc dans le sang qu'ils veulent noyer l'usurpateur, et ce sont ces hommes qui osèrent condamner la France à un deuil éternel pour une mort que les auteurs eux-mêmes cherchèrent à éviter, qui osent parler ainsi ! Que ceci ne vous étonne pas, ils n'ont tant d'amour pour la légitimité, que parce qu'elle seule peut légitimer leurs usurpations ; mais n'ont-ils pas voulu assassiner l'empereur Napoléon, et le Roi de Rome en 1815 ? Maubreuil n'en a-t-il pas déposé l'ordre signé par le comte d'Artois, alors lieutenant-général du royaume ? leurs pareils n'ont-ils pas fusillé Murat ? eux-mêmes, en France, soit par

eux dans leurs tribunaux militaires, soit par leurs bandes sol-
dées dans le Midi, n'ont-ils pas égorgé l'élite de l'armée ? Et
c'est ce tigre que vous caressez et que vous n'osez attaquer,
quand il fomente la contre-révolution. Craignez la langue
qui vous lèche ; si, à force de lécher, elle arrive au sang,
vous êtes perdus.

Poursuivons : « La légitimité voit la fin de son règne, du
» moment où dans une nation la volonté de la multitude a été
» reconnue le pouvoir suprême ; les droits étant à tout le
» monde, il n'en existe plus pour personne. »

Je ne sais, je doute même beaucoup, que la légitimité voie
la fin du règne actuel ; ce que l'on peut affirmer au moins,
c'est qu'elle l'appelle de tous ses vœux. Quel est donc ce jeune
prince que vous présentez à l'amour des Français, ce digne
rejeton de la légitimité qui doit à lui seul réunir tous les
cœurs ? quels sont ses antécédens ? quelles sont les vertus de
sa famille qui le recommandent à notre vénération ? Si sa légitimité seule parle pour lui, rappelez-vous les bruits répandus
autour de son berceau le jour de sa naissance, et voyez si la
conduite de la comtesse Lucchesi-Palli ne peut pas les ac-
créditer.

D'ailleurs, qu'est votre légitimité dont vous faites tant de
bruit, sinon l'usurpation continuée dans la même famille
par une série plus ou moins longue d'années. Les Bourbons
eux-mêmes sont des usurpateurs, et vous tous, gens de l'ancienne noblesse, n'avez de droits que ceux usurpés par vos
ancêtres sur le peuple.

Les seuls droits légitimes et imprescriptibles sont ceux
accordés par la nation, qui est le principe de tout pouvoir. Il
faut vous habituer à cette vérité qui a poussé de vigoureuses
racines dans le sol de la France : la couronne n'est plus un
bénéfice, c'est une charge, une obligation ; elle rappelle à la

nation et au souverain qui la porte les articles du contrat passé entre eux.

Convenez que vous ne pouvez vous habituer à voir un homme non privilégié, que vous traitiez jadis de canaille, vous traduire devant les tribunaux, lorsque vous cherchez à le léser dans ses droits, et que vous ne pouvez voir la balance de la justice pencher, malgré le poids de votre nom, en faveur de celui qui a le droit de son côté ; il était bien plus doux pour vous, j'en conviens, de substituer votre volonté à la loi, et d'appeler vos vassaux à votre ban, plutôt que d'être traduits vous-mêmes devant les tribunaux, et malgré que vous pré-tendiez que *depuis que dans une nation la volonté de la mul-titude a été reconnue le pouvoir suprême, il n'existe plus de droits pour personne,* je soutiens que cette répartition de justice vaut mieux que celle distribuée par le bon plaisir.

Vous avez vraiment bonne grâce à vous récrier contre cette multitude ! Si l'on ne vous connaissait pas si oublieux des bienfaits que vous recevez, on pourrait vous rappeler la con-duite de cette multitude aux journées de juillet ; elle se con-tenta de chasser une famille qui était la honte de la nation, sans faire retomber sur vous les effets d'un juste ressentiment. Répondez-moi : Avez-vous imité en 1815 la conduite de cette multitude que vous semblez mépriser ? Votre chambre introu-vable, vos verdets du Midi sont là pour déposer de la noblesse de vos sentimens, et vous voulez que la nation accepte quel-que chose de vous ? Détrompez-vous ; le jour que vous lui présenteriez votre rejeton des lis, elle vous dirait, en vous repoussant : *Timeo Danaos dona que ferentes.*

L'ancienne noblesse exerçait parfois avec bonté ses droits féodaux. Lorsque la France était menacée, elle n'hésitait pas à tirer l'épée pour la défense de la patrie qu'elle appelait le Roi ; et ce que l'on appelait foi de gentilhomme, était quelque chose. Que lui reste-t-il de cette ancienne réputation, depuis les rôles honteux qu'elle n'a cessé de jouer depuis 90 jusqu'à nos jours? Bassesse et turpitude, voilà l'héritage qu'elle lègue à ses neveux. Qu'elle ajoute, si elle le veut, ces titres à son blason, ils seront une compensation aux lis que d'Arlincour reproche au Roi d'avoir arrachés de son écu,

« Les Rois, dit-il, qui respectent la révolte, appellent sur
» leur tête la hache. L'usurpation est un fer rouge : on ne le
» manie pas, on s'y brûle.

» Malheur à la souveraineté légitime qui fraterniserait avec
» la révolution consommée ! c'est un principe de vie en face
» d'un principe de mort. Il n'est pas de fusion possible, il
» faut que l'un ou l'autre périsse. »

Quel manifeste plus énergique fut jamais lancé? quel appel aux puissances étrangères fut plus positif que ce que vous venez de lire? Vous le voyez : sourdes menées à l'intérieur, enrôlemens de Suisses et de mécontens, pour alimenter la guerre civile dans l'Ouest, appel à l'étranger, ce sont toujours les mêmes moyens, pour arriver au même but. S'ils ne peuvent réussir à déchirer la France par ses propres mains, c'est l'étranger qu'ils appellent à leur secours. Peu leur importe que la France soit partagée, peu leur importe de devenir Russes ou Prussiens, pourvu que leurs priviléges leur soient rendus, c'est tout ce qu'ils désirent.

Ils n'ont plus de détours, c'est à vous, ministres, qu'ils s'adressent : « Il n'est plus de fusion possible, il faut que l'un ou l'autre périsse. » Jouissez donc, pères du juste-milieu, de toute leur reconnaissance. Encore si ses effets ne retombaient que sur vous, la France ne s'en plaindrait pas ; mais elle attaque à la fois la sécurité de la nation et le trône de juillet.

Ainsi, injures, appel à la révolte, appel aux étrangers, rien n'a été négligé par d'Arlincour dans cet ouvrage ! Qu'il ne vienne pas se retrancher derrière ses notes et ses citations, je lui répondrais que dans le 14ᵉ siècle il n'existait pas de poire allégorique.

C'est l'étendard de la révolte qu'il lève. J'ai senti la nécessité de faire connaître ceux qui suivent un tel drapeau, pour que ceux qui auraient envie de s'y joindre, le fassent avec connaissance de cause. Le tableau que je viens de tracer n'est hideux que parce qu'il est vrai.

Maintenant voyons s'il existe un moyen qui puisse débarrasser le gouvernement de la crainte que lui inspirent les idées républicaines, anéantir à jamais les prétentions de l'aristocratie, et rendre au gouvernement et à son chef cette popularité de laquelle ils n'auraient pas dû déchoir depuis juillet 1830.

Deux choses sont, selon moi, indispensables pour obtenir ce résultat : Rétablir nos relations avec l'étranger sur le pied de dignité dont la France n'aurait jamais dû se départir ; dire à l'étranger, sans crainte, que nous voulons être libres et respectés chez nous ; que dans le cas où nous serions obligés de mettre notre épée dans la balance de l'équilibre des nations, elle y pèserait de tout son poids, et non avec la légèreté d'une plume : c'est ainsi que le gouvernement d'un grand peuple doit agir ; que nous ne prendrions aucune part à tous les protocoles que la diplomatie enfante, et qui sont autant de déceptions ; que sans consulter si nous pouvons déplaire aux étrangers, nous formerions les alliances que nous jugerons convenables à notre politique ; qu'à l'intérieur nous marcherions avec droiture, respectant la loi avec un scrupule égal à celui que nous devons employer pour la faire respecter. Ce qui a principalement désaffectionné le gouvernement, c'est cette marche timide qui ne l'a jamais abandonné dans ses relations extérieures.

Toute pleine des souvenirs de sa gloire, la France a vu avec peine que le gouvernement de juillet n'ait pas senti qu'il avait dans le sein de la nation, pour asseoir son levier, un point d'appui bien plus solide que celui qu'il semblait chercher chez l'étranger ; elle s'est indignée de l'idée que l'amour de l'étranger pour tel ou tel ministre ait pu sauver la France d'une troisième invasion, lorsqu'elle savait qu'occupés chez eux à étouffer les germes de liberté qui se développaient à vue d'œil, la crainte de compromettre leurs intérêts les empêchait seule de se livrer même à l'idée d'une troisième coalition. Voyez tout récemment ce traité d'extradition conclu entre les trois puissances du Nord, contre les prévenus de délits politiques, et dites-moi si la fièvre d'inquiétude qui les torture depuis 1815 ne garantit pas aux gens timides de la nation française, qu'aucun péril ne les menace de ce côté.

En agissant ainsi, en montrant à la France que le gouvernement né des barricades veut anéantir à jamais les prétentions de la noblesse, et détruire les espérances des Bourbons, alors elle pourra dire qu'elle a été comprise, et ses enfans s'empresseront de le soutenir de leurs bras et de leur fortune, lorsqu'il sera menacé dans sa personne ou dans son indépendance.

La seconde chose nécessaire, mais dont l'application trouvera sans doute beaucoup de contradicteurs, c'est une sage économie qui donne le moyen de diminuer les charges du peuple, et d'amortir les dettes de l'état. Il est impossible de concevoir que le gouvernement de la France coûte plus aujourd'hui qu'il ne coûtait sous l'empire, lorsqu'aux départemens qu'on nous a laissés étaient joints les départemens de l'Italie, la Belgique, la Hollande et une armée de sept cent mille hommes. On conçoit que l'Empereur voulant favoriser le commerce et l'industrie de la France, paralysés par la guerre de l'Angleterre, voulut augmenter la consommation;

et pour arriver à ce but, donner aux employés de gros traitemens; il le pouvait alors sans imposer de nouveaux sacrifices
à la nation, les contributions étrangères fournissaient à ce
surcroit de dépenses.

Mais ce qui ne se conçoit pas, c'est que réduits à nos seules
ressources, nous maintenions aux fonctionnaires les mêmes
traitemens. N'est-il pas ridicule de voir dans un même dé-
partement un président du tribunal civil, la seconde autorité,
ne recevoir qu'un traitement de 2,400 fr., lorsqu'un directeur de l'enregistrement touche 15,000 fr., et un receveur
général, de 30 à 40,000? Et remarquez bien que le premier
est obligé de faire lui-même son travail, de rédiger ses juge-
mens, tandis que pour régir une recette générale, dont le titulaire passe souvent la moitié de l'année à Paris, il suffit d'un
commis. J'entends MM. les financiers me répondre que si
les juges sont peu rétribués, ils ont aussi pour dédommage-
ment les honneurs et la considération. J'en suis fâché pour
vous, Messieurs, si votre estomac n'est pas fait à une telle
nourriture, et que vous ayez besoin d'en recevoir une plus
lourde, mais plus substantielle, il faudra bien que le gouvernement vous y habitue.

La morale même est intéressée à cette diminution de traitemens. Il faut que l'emploi nourrisse le titulaire, mais il ne
faut pas qu'il fournisse au-delà. Un fonctionnaire moins rétri-
bué sentira davantage sa dignité d'homme, et ne sera pas dis-
posé à trafiquer de sa conscience, comme majeure partie le fit
sous le ministère de Villèle.

Vous prétendez sans doute que les économies sont im-
possibles, et croyez que je ne puis en citer. Je vais, en ne
m'occupant que des administrations départementales, et lais-
sant aux personnes qui peuvent fouiller dans les gouffres des
ministères, des directions générales, le soin de signaler celles

qu'il est possible d'obtenir, vous indiquer mes observations
et vous prouver que si j'ai pu, en ménageant autant qu'il m'a
été possible les existences établies, parvenir à un résultat,
d'autres feraient encore mieux; car pour obtenir, il faut d'a-
bord vouloir.

Commençons d'abord par les receveurs généraux. Lors de
l'établissement des recettes générales, les receveurs généraux
avaient autant de responsabilité qu'aujourd'hui, et leur traitement était en général de 2,400 francs. Sans les réduire à
ce taux, je commencerais par leur ôter les remises qu'ils tou-
chent comme receveurs particuliers de l'arrondissement. Je
donnerais cette partie de recette aux payeurs, que je chargerais à la fois des recettes de l'arrondissement et du paie-
ment de toutes les dépenses. Je supprimerais les payeurs
actuels et réduirais le traitement des receveurs généraux et
leurs remises, de manière à ce que le maximum ne passât pas
12,000 francs.

Les perceptions des contributions seraient réglées de manière à ne jamais coûter au-delà de 2 centimes par franc.

Les directeurs des contributions directes n'étant chargés
que de la confection des registres matricules, des rôles, et
d'adresser à la préfecture leur avis sur les réclamations en
dégrèvemens demandés, ainsi que de la suite des opérations
cadastrales, je réduirais le traitement de cet employé à
6,000 francs, seulement pour les premières classes, et supprimerais comme inutiles les inspecteurs et les contrôleurs prin-
cipaux, ne conservant qu'un simple contrôleur par arrondissement.

Dans les domaines, je réduirais le traitement des directeurs de première classe à 8,000 francs. Je supprimerais les
inspecteurs, ne conservant que les vérificateurs qui sont les
seuls travailleurs de cette administration, et ne voudrais pas

que le traitement et les remises touchés par les receveurs de l'enregistrement et des hypothèques excédassent, pour les premières classes seulement, 5,000 francs.

Il est réellement étonnant que l'on ait supprimé les inspecteurs dans l'administration des droits réunis, administration dont la multiplicité des droits et les détails qu'elle embrasse nécessitent une surveillance active et constante, lorsque dans les autres administrations où ces emplois sont inutiles, on les a conservés.

A moins de supprimer totalement l'administration des droits réunis, il est impossible d'apporter d'autres réductions sur son personnel, que celle du traitement du directeur, dont le maximun ne devrait pas excéder 6,000 francs.

Bien qu'au fur et à mesure de la vente des forêts de l'état on ait augmenté le nombre des conservateurs, je ne parlerai pas de l'administration forestière, qui doit mourir bientôt, ou passer à la solde des particuliers. Je montrerai seulement le luxe inutile d'une direction générale et d'une école forestière qui apprend des langues étrangères, des mathématiques, de la physique, de la chimie, à des élèves qui doivent un jour faire des procès-verbaux, des cahiers des charges, et traverser des épines et des ronces pour marquer au marteau les vieilles écorces et les modernes.

Sans donner des détails de réduction sur l'administration des douanes qui coûte à l'état et aux contribuables le double de ce qu'elle donne en produits, je demanderai s'il n'est pas possible de diminuer le personnel et le traitement des employés supérieurs, dont le luxe est innombrable ; car tous les grades se trouvent dans cette administration avec une profusion effrayante. J'ai vu des arrondissemens de douanes ne pas donner cent francs de recette, et payer inspecteur, receveur, visiteurs, etc., etc. Ne serait-il pas possible, dans ces arrondissemens, de supprimer son état-major, de faire opérer la recette par le percepteur ou le receveur de l'enregistrement, et de ne conserver que les brigadiers et leurs brigades ?

Si j'avançais que dans cette administration il est tel receveur qui s'est retiré avec trois cent mille francs après deux ou trois années d'exercice, et tel visiteur qui, avec dix-huit cents francs de traitement, avait cabriolet et cheval de selle, on crierait à l'impossible. La chose n'en est pas moins vraie.

Depuis que les truffes électorales sont gelées, depuis que le Roi-Citoyen voyage avec les ressources de la liste civile, et peut payer son écho, les préfets eux-mêmes doivent être réduits. Je ne voudrais pas qu'un préfet de première classe eût plus de vingt mille francs.

Du Clergé.

Je ne maintiendrais sur leurs siéges que les archevêques et les évêques, indispensables pour exercer les fonctions de leur emploi. Ainsi, je réduirais leur nombre au-dessous de celui fixé par le concordat de 1801 ; et puisqu'ils ont consenti à laisser au pape les annates en échange de leur bulle d'institution, je chargerais le ministre des cultes de leur délivrer l'institution, et les annates retourneraient dans la caisse de l'état. Le traitement ne s'élèverait pas au-delà de quinze mille francs pour les archevêques, et de dix mille francs pour les évêques.

De l'Armée.

C'est une chose pernicieuse au trésor que la décision prise par le ministre de la guerre, de mettre à la retraite les offiriers généraux aussitôt qu'ils ont atteint soixante-deux ou soixante-cinq ans; il faut créer de nouveaux généraux, et faire des promotions dans tous les grades. Il me semble qu'il est plus juste et moins coûteux d'envoyer dans les départemens et dans les divisions territoriales, les généraux peu aptes à un service actif. Les généraux de division commanderaient leurs divisions avec un traitement unique de douze mille fr., et les généraux de brigades, les villes de guerre et les départemens, avec huit mille francs de traitement unique; mais à moins de cas extraordinaires, ces résidences seraient à vie.

Lorsque la chambre des députés fait une économie sur le ministère de la guerre, ce n'est jamais ni l'état-major, ni le personnel des bureaux qui s'en ressent; mais on envoie cent ou cent cinquante mille hommes en congé illimité, ce qui élude le motif de l'économie, et met la France presque à découvert. Le ministre agit ainsi parce qu'il n'est pas responsable d'une spécialité qu'on ne lui impose pas. Aussi les promotions dans l'état-major continuent-elles plus fort qu'en tems de guerre.

Pour arriver à conserver d'une manière économique la France sur un état de guerre formidable, il faudra revenir à la réserve du maréchal St.-Cyr, non à un projet dernièrement sorti du ministère de la guerre, qui prouve, avec la substitution des sabres-poignards aux sabres anciens, avec le dernier projet de remplacer par des broches les sabres de dragons et de cuirassiers, ou que le Maréchal ne l'a pas lu, ou qu'il a perdu totalement de vue ce qu'il faut pour faire la guerre. En revenant à ce projet, qui ne fut rejeté par les Bourbons que parce qu'ils redoutaient l'armée, nous aurons dans l'intérieur une véritable armée de trois cent mille hommes, qui, se joignant à l'armée active, serait un plus ferme soutien que nos gardes nationales, qui valent mieux pour planter des choux que pour faire le coup de feu. Il faudrait que les soldats qui doivent composer cette réserve aient passé quatre ans au moins dans l'armée active.

Je rappellerais sur-le-champ les troupes d'Alger, expédition que je ne considère que comme une affaire d'amour-propre qui coûte par an au moins six mille hommes, et vingt-cinq millions. Malgré le respect que je professe pour les hommes qui ont écrit des opinions contraires à la mienne, je n'en tire pas moins la conséquence suivante : que si cette possession était aussi avantageuse qu'on le dit, car plusieurs personnes nous la présentent comme un second Eldorado, les Anglais l'auraient colonisée depuis long-tems. Enfin, je ne donnerais plus mes millions pour établir sur le *soit dit* trône de la Grèce un vassal de la Sainte-Alliance ; et si l'occupation d'Ancône est nécessaire à notre politique, je préférerais employer mes écus à augmenter les troupes que j'entretiens sur ce point.

Dans les régimens, je supprimerais le Major ou le Lieutenant-Colonel. Depuis que nos régimens ne sont plus commandés par des Marquis, ne sachant de leur métier que toucher les appointemens et faire les faquins à Paris, l'une de ces deux places est inutile. Du tems de l'Empereur, lorsque les régimens étaient composés de trois à quatre mille hommes, le Lieutenant-Colonel, sous le titre de Major, suffisait. Le Colonel était à l'armée, et le Major au dépôt, chargé de l'instruction des recrues, de l'habillement et de l'administration. Pourquoi ne reviendrions-nous pas à cette organisation ?

Voilà les économies que le Franc-Parleur a vues du fond de sa province et du coin de son feu. Ces économies, qui s'élèvent au moins à la onzième partie du gâteau que la chambre des députés pétrit tous les ans, ne sont pas à négliger. Je n'ai pas voulu toucher au gouffre, voulant laisser ce soin à **MM.** les Ministres, ou à leurs successeurs; car je ne pense pas qu'ils soient inamovibles.

BANSE.

IMPRIMERIE DE BAYVET.

www.ingramcontent.com/pod-product-compliance
Lightning Source LLC
LaVergne TN
LVHW010134060726
842524LV00005B/1921